Gallimard Jeunesse / Giboulées
sous la direction de Colline Faure-Poirée et Hélène Quinquin.
© Éditions Gallimard Jeunesse 2013
ISBN : 978-2-07-065483-3
Numéro d'édition : 254089
Dépôt légal : octobre 2013
Loi n° 49956 du 16 juillet 1949
sur les publications destinées à la jeunesse
imprimé en France par Pollina - L65682

Bénédicte Guettier

# L'ÂNE TROTRO

## OÙ SONT LES FLEURS EN HIVER ?

GALLIMARD jeunesse GIBOULÉES

TROTRO AIME
BEAUCOUP
LES FLEURS.

MAIS, C'EST L'HIVER ET IL N'Y A PLUS DE FLEURS.

TROTRO LES
CHERCHE SOUS
LA NEIGE.
OÙ SONT-ELLES
PASSÉES ?

IL VEUT LES ARROSER
POUR LES FAIRE
POUSSER, MAIS L'EAU
DE L'ARROSOIR EST
GELÉE.

IL VEUT LE DEMANDER AUX OISEAUX OU À L'ÉCUREUIL. MAIS L'ÉCUREUIL S'EST ENDORMI ET LES OISEAUX SE SONT ENVOLÉS.

Où sont les fleurs, Maman ? demande Trotro.

ELLES SE REPOSENT
DANS LA TERRE POUR
PRÉPARER LE SPECTACLE
DU PRINTEMPS, DIT
MAMAN.

TROTRO EST TOUT
CONTENT! EN
ATTENDANT, DIT-IL,
JE VAIS M'OCCUPER
DU SPECTACLE
DE L'HIVER!